CATALOGUE

D'UNE JOLIE RÉUNION

D'ESTAMPES

ET

DE DESSINS

DES ÉCOLES

ALLEMANDE, ANGLAISE, FLAMANDE & FRANÇAISE

Appartenant à M. F....

DONT LA VENTE AUX ENCHÈRES PUBLIQUES AURA LIEU

HOTEL DES COMMISSAIRES-PRISEURS

Rue Drouot, n° 5

SALLE N° 4

Les Lundi 23 et Mardi 24 Mai 1864

A 2 HEURES TRÈS-PRÉCISES

Commissaire-Priseur : M⁰ Paul NAVOIT, rue Ventadour, 5.

Expert : M. BLAISOT, 178, rue de Rivoli.

CHEZ LESQUELS SE DISTRIBUE LE PRÉSENT CATALOGUE

EXPOSITION PUBLIQUE

Le Dimanche 22 Mai 1864, de une heure à cinq heures.

PARIS

RENOU & MAULDE

IMPRIMEURS DE LA COMPAGNIE DES COMMISSAIRES-PRISEURS

Rue de Rivoli, 144

—

1864

CATALOGUE

D'UNE JOLIE RÉUNION

D'ESTAMPES

ET

DE DESSINS

DES ÉCOLES

ALLEMANDE, ANGLAISE, FLAMANDE & FRANÇAISE

Appartenant à M. F....

DONT LA VENTE AUX ENCHÈRES PUBLIQUES AURA LIEU

HOTEL DES COMMISSAIRES-PRISEURS

Rue Drouot, n° 5

SALLE N° 4

Les Lundi 23 et Mardi 24 Mai 1864

À 2 HEURES TRÈS-PRÉCISES

———

Commissaire-Priseur : Me Paul NAVOIT, rue Ventadour, 5

Expert : M. BLAISOT, 178, rue de Rivoli.

CHEZ LESQUELS SE DISTRIBUE LE PRÉSENT CATALOGUE

———

EXPOSITION PUBLIQUE

Le Dimanche 22 Mai 1864, de une heure à cinq heures.

———

PARIS

RENOU & MAULDE

IMPRIMEURS DE LA COMPAGNIE DES COMMISSAIRES-PRISEURS

Rue de Rivoli, 144

1864

CONDITIONS DE LA VENTE

Elle sera faite au comptant.

L'Acquéreur paiera CINQ CENTIMES par franc en sus du prix de l'adjudication, applicables aux frais de vente.

ORDRE DES VACATIONS

1re VACATION......... du n° 1 au n° 260.
2e id. .... dn n° 261 au n° 522.

ESTAMPES

ECOLE ALLEMANDE

1. **Aldegraver**. Adam et Ève (B. 4). — Adam et Ève chassés du Paradis (B. 5).
2. — Adam (B. 11).
3. — Loth et les Anges (B. 14).
4. — Daniel confondant les vieillards (B. 22).
5. — Hercule et Cacus (B. 66).
6. — La Patience (B. 114).
7. — Les Vertus et les Vices, suite de 14 pièces (B. 219-232). Tous les Aldegraver sont en belles épreuves.
8. **Altdorfer**. La Vierge dans un paysage (B. 17). Belle épreuve.
9. **Amman** (Josse). Deux pièces d'ornementation en forme de frise.
10. **Anonymes du XVᵉ siècle** (Maîtres). Franciscain assis dans un jardinet devant un pupitre. La tête de bœuf pour filigrane. Gravure sur métal à fond noir avec traits blancs d'un genre tout particulier, plus rare encore que la manière criblée. Cité par Passavant, t. Iᵉʳ, p. 101, lig. 10.
11. — Le Martyre de saint Erasme. H. 2 p. 8 l. L. 1 p. 10 l. (B. 48, Passavant, 145). Une épreuve de cette pièce se voit au cabinet de Berlin. Voy. Passav. t. II, p. 231.
12. — L'Adoration des mages. Bois. Belle pièce dont on ne trouve guère que des impressions modernes dans la collection Derschau. Voy. l'ouvrage de Becker.

13. **Bartsch**. Quatre eaux-fortes d'après Rembrandt et Berghem.

14. **Béham** (Barthélemy). Judith portant la tête d'Holopherne.

15. **Béham** (H. S.). Hercule domptant Cerbère (B. 100). 1er état, avant la bordure extérieure des fenêtres rondes. Doublée. — Mélencolia (B. 144). Belle ép.

16. **Binck** (J.). Portrait du peintre Lucas Gassel (B. 93). Mal conservée.

17. **Brosamer** (H.). Le Palefrenier. Bois (B. 15). Rare morceau, qui est bien plutôt de Hans Baldung Grün. Voy. Renouvier.

18. **Chodowiecki**. Marchand levantin. Pure eau-forte.

19. **Cranach** (L.). Charles-Quint en pied. Bois (B. 128). Pièce recherchée et rare.

20. **Biétricy**. La Nativité, 1756. 1er état, avant le n° et avec la manière noire.

21. **Durer**. La Passion (B. 4, 6, 7, 8, 9, 10, 11, 14, 15, 17). — La sainte Face tenue par deux anges (B. 25). 11 estampes.

22. — Saint Georges à cheval (B. 54). Collection Paelinck. Belle ép.

23. — Saint Eustache (B. 57).

24. — La grande Fortune (77). — La Justice (79), rognée.

25. — Le Branle (90).

26. — Le Pourceau monstrueux, superbe épreuve rognée. — Frédéric de Saxe.

27. — Le petit Cheval (B. 96). — Le grand Cheval (B. 97). Belle ép.

28. — Mélanchton (B. 105). Collection Paelinck. Rare et belle ép.

29. — Les cinq plaies du Christ. — Les dix mille Martyrs de Nicomédie. — Décollation de sainte Catherine. — L'Adoration des mages (B. 87). — La Trinité. Belle ép. collée en plein. — Siége d'une ville. Très-rare, endommagée. — Portrait du peintre (B. 156). 7 bois.

30. **Glockenton** (Albert). Le Crucifiement (B. 10). Les estampes de Glockenton sont très-rares et recherchées. Voy. Renouvier. Très-belle ép. du 1er état, avant la retouche et le chiffre I. S.

31. **Goudt** (Le comte de). La fuite en Égypte. — Tobie. Deux pièces.

32. **Grün** (H. Baldung). La Conversion de saint Paul (B. 33). — Groupe de six Chevaux dans un bois (B. 58). Deux pièces.

33. **Hagedorn**. Tête d'homme. Pure eau-forte.

34. **Hess**. Buste d'homme de guerre, d'ap. Rembrandt. Avant toutes lettres.

35. **Hoelle** (Cath.). Mariage mystique de sainte Catherine, d'après un dessin d'Albert Dürer. Belle ép.

36. **Hopfer** (Daniel) Le Christ et ses disciples (B. 4). 1er état, avant le nº.

37. — Crucifix dans une niche décorée d'architecture (B. 13). 1er état, avant le nº.

38. — Le coup de lance du centenier (B. 14). Très-belle ép. du 1er état, avant la légende et le nº; d'eau-forte pure et avec les coulures.

39. — La parabole de la poutre (B. 25).

40. — Vénus et l'Amour (B. 46). Deux ép. dont une du 1er état, avant le nº 102 et la retouche.

41. — Six Grotesques dansant autour d'une femme (B. 73). 1er état, avant le nº.

42. — Ornementation (B. 100). 1er état, avant le nº.

43. **Hopfer** (Jérôme). Jésus quittant Nazareth (B. 8). 1er état, avant le nº.

44. — Jésus debout entre quatre saints (B. 22). — Trois pièces d'orfèvrerie richement ornementées (B. 67).

45. — Saint Eustache (B. 15). — L'Homme à la licorne (B. 42). 2 pièces.

46. — Le Branle (B. 43). — Le Canon (B. 45). Deux pièces copiées d'ap. Dürer, plus 3 copies de la suite de la Passion, par Lambert Hopfer (B. 4, 7 et 15). 5 pièces.

47. **Klauber**. Portrait de Bause, graveur. Avant toute lettre.

48. **Krug** (Louis). Adoration des mages (B. 2). Cabinet Paelinck.

49. **Mérian** (M.) Chasses. 12 estampes en largeur. Eaux-fortes.

50. **Müller** (Frédéric). Portrait de Mart. Notter, d'ap. Hetsch. Avant la lettre.

51. **Pléginck** (Martin). Ornements pour orfèvres. 6 pièces non décrites, par Bartsch. Très-belles ép.

52. **Prestel**. Tête de femme. Rare. D'ap. un dessin de Raphaël.

53. **Schauffelein**. 15 Planches du Theverdanck. — La vie de saint Jean-Baptiste.

54. **Schmuzer**. François Ier, empereur d'Autriche. — Marie-Thérèse.

55. **Schoen**. L'Encensoir (B. 109). — La Nativité, belle ép. d'une copie ancienne. Au dos, la signature de Bechberger.

56. **Wenceslas d'Olmutz**. Saint Sébastien (B. 30).
57. **Zimbal**. La Peinture et la Sculpture. Eau-forte rare.

ÉCOLE ANGLAISE

58. **Ardell** (Mac). Le denier de César, d'ap. Rembrandt. Manière noire. Très-belle ép. avant la lettre.

59. — Le Temps coupant les ailes de l'Amour, d'ap. Van Dyck.

60. — Id. Rare ép. bistrée, avant toute lettre. Grande marge.

61. **Baillie** (W.). Vieillard coiffé d'une toque, d'après Rembrandt. Noms et dédicace à la pointe.

62. — Rubens, sa femme et son enfant, d'ap. Rubens. Avant toute lettre.

63. **Bartholozzi**. John Ash, d'après Reynolds. Lettre blanche.

64. — Lord Thurlow, d'ap. le même. Lettre grise.

65. — Lord Lougborough, d'ap. Northcote. Id.

66. **Boydell** (J.). Cyrus trouvé, d'ap. Castiglione. Avant la lettre.

67. **Bromley**. The Covenanteers.

68. **Brookshaw**. Le Laitier, d'ap. Jean Steen. Manière noire. Avant la lettre et les armes. Les noms d'auteurs et d'éditeur à la pointe.

69. **Burnet**. Le Violon aveugle, d'ap. Wilkie. Lettre grise.

70. **Byrne.** Apollon chez Admète. Avant la lettre. Seulement les noms et les armes à la pointe.

71. **Earlom**. Abigaïl et David, d'ap. van der Werf. Lettre grise.

72. — Le Triomphe de Mardochée, d'ap. Van den Eeckhout. Lettre tracée.

73. — L'Enfant Jésus dans la crecne, d'ap. le Dominiquin. Avant la lettre. Les noms d'auteurs et d'éditeur tracés à la pointe.

74. — Bacchanale, d'ap. Rubens. Avant la lettre. Seulement les armes et les noms d'auteurs et d'imprimeur.

75. — *A fruit piece*, d'ap. Van Huysum. Lettre grise. Ep. imprimée en couleur.

76. — Una et le lion, d'ap. West. Épreuve avant la lettre avec toute sa marge. Les noms d'auteurs et d'éditeur ébauchés seulement.

77. **Gibbon** (Th.). Suspense.

78. **Green** (V.). Le Festin de Balthazar, d'ap. West. La lettre tracée seulement, de même que les noms d'auteurs et d'éditeur.

79. — Bouquets de roses, d'ap. A. Green. 2 estampes av. la lettre.

80. — Érasistrate découvrant l'amour d'Antiochus, d'ap. West. 1er état avec la lettre ouverte.

81. — Miss Carpenter, d'ap. Kettle. Avant la lettre. Les noms d'auteurs tracés légèrement à la pointe.

42. **Greenwood**. La Femme au perroquet, d'ap. Metsu. Avant toute lettre.

83. **Hodges**. Portrait de Pichegru. Lettre ouverte.

84. **Hollar**. Les Papillons, suite de 12 planches. 1er état, avant les nos et l'adresse de Schenk. — La Taupe morte.

85. — La tête de Chat, avec double inscription. Rare.

86. — Proclamation de la paix, entre l'Espagne et la Hollande, 1648. 2e état, avant le nom de V. de Wyngaerde, effacé. Toute marge.

87. — Jean de Reed, ambassadeur. Toute marge.

88. **Houston**. La Plumeuse de coq, d'ap. Rembrandt. Avant toute lettre.

89. — Le Tailleur de plume, d'ap. le même. Id.

70. — L'Homme au couteau, d'ap. le même. Id. Le nom du graveur seul tracé.

71. — Georges III, d'ap. Morland. Avant toute lettre.

92. **Kauffmann** (Aug.). La mort d'Adonis, d'ap. Carrache. 1er état, avant le lavis.

93. — Jeune Femme tenant un enfant. Non indiquée par M. Leblanc.

94. **Landsseer** (Thom.). The bloody hand, d'après Edw. Landseer.

95. — The Pointer. Id.

96. **Lucas** (Dav.). Paysage, d'ap. Constable. Superbe gravure.

97. — **Martin** (John). Le Déluge. Lettre blanche.

98. — Josué arrêtant le soleil.

99. **Murphy**. Hiram, roi de Tyr, d'ap. Van den Eeckhout. Lettre ouverte.

100. **Picot**. Attaques de brigands, d'ap. Loutherbourg. 2 pièces rondes avant la lettre.

101. **Ravenet**. Le repentir de Judas, d'ap. Rembrandt. Avant la lettre. Seulement les armes et les noms tracés. Grandes marges.

102. **Roffe** (W.). La Nuit, d'ap. Thorwaldsen. — Le Jour. Id. 2 gravures au pointillé.

103. **Ryland**. Télémaque à la cour de Ménélas. — Retour de Télémaque. — L'amusement du matin. 3 gravures au pointillé d'ap. Aug. Kauffman. Imprimées en rouge.

104. **Savage** (E.). Franklin, d'ap. D. Martin. — Washington. Manière noire. 2 pièces.

105. **Smith** (J. R.). Sujet emprunté au *Comus* de Milton. Le titre, l'adresse et les noms tracés à la pointe.

106. **Van Bleeck** (P.). Griffin et Johnson dans les *Tribulations d'Ananias*. Avant toute lettre.

107. **Ward**. Louisa. Pointillé. Lettre grise. — Quatre paysages animés, d'ap. Morland.

108. **Watson**. Jeune fille lisant. Piquant effet de lumière. Avant toute lettre. Collection du baron de Lockhorst.

109. — La comtesse de Marlborough et sa fille. Seulement les noms d'auteur. L'adresse de Boydell écrite à la main.

110. **Wilkie** (Daw.). La Lecture. Charmante petite pièce à la pointe sèche.

111. — Le Baby grimpé sur une table. Très-beau morceau. Id.

112. — Trois Enfants dans un paysage. — Homme fouillant dans un tiroir. 2 pièces. Id. Non citées par Brulliot.

ÉCOLE ESPAGNOLE

113. **Goya**. Esope, d'ap. Vélasquez (Lebl. 2). — Isabelle de Bourbon à cheval. Id. (Lebl. 4). — Philippe IV à cheval (Lebl. 6). — Ménippe (L. 7). — Olivarès à cheval (L. 8). — Le Nain de Philippe IV feuilletant un livre (L. 9). — Le même, les deux poings sur les hanches (L. 10). 7 pièces.

ÉCOLE FLAMANDE

114. **Anonyme**. Le Christ à mi-corps dans son tombeau; aux deux côtés, deux saints personnages avec auréoles. Pièce fort ancienne, de forme ronde avec l'inscription *respice ovanta tuli*. Diam. 102 millim.

115. — La Trinité. Gravure en taille d'épargne, sur métal, des premières années du XVIe siècle. Elle porte une inscription flamande. H. 120 mill. L. 92 mill.

116. — Thom. Willeborts, peintre, d'après Van Dyck, pièce très-rare, qui ne se trouve pas dans l'édition d'Hendricx, ni dans les éditions postérieures. Superbe épreuve.

117. **Boël** (P.). La Chasse au sanglier (B. 7), 1ᵉʳ état, avec les initiales du maître en grandes lettres.

118. — Autruches, etc. (Weigel, 12). Pièce non décrite par Bartsch. 1ᵉʳ état, avant les mots *à l'estoile*, et **2ᵉ** état, avant l'adresse de Poilly. **2** ép.

119. **Bolswert** (Boèce). La Cène, d'ap. Rubens, 1ᵉʳ état, avant l'adresse d'Huberti.

120. **Bolswert** (Schelte). L'Exaltation de la Croix, d'ap. Van Dyck. Avant l'adresse.

121. — La Vierge au perroquet, d'ap. Rubens. Avant les noms des artistes.

122. — L'Ivresse de Silène, d'ap. Rubens. Eau-forte. Toute marge.

123. — Paysage au soleil couchant, d'ap. Rubens (Bas., 27, 12). — La Destruction de l'idolâtrie, d'ap. Rubens, en 2 ff. Belle ép.

124. **Brauwer** (Adr.). Paysan coiffé d'un chapeau pointu. Avec le monogramme du maître.

125. **Cardon** (Ant.). Le Christ remettant les clés à saint Pierre, d'ap. Rubens. Avant les armes et la dédicace.

126. **Claessens**. Femme en buste dans un ovale, d'ap. le Guide. **2** charmantes gravures avant la lettre. Toute marge.

127. — Vieillard écrivant, d'ap. Brékélenkam. Le tableau est au Louvre. Lettre blanche et avant le trait d'encadrement. Id.

128. — Le Villageois en belle humeur, d'ap. Jean Steen. — Les Amours de Steen, d'ap. le même. Id., id.

129. **Clouwet**. Anna Wake, d'ap. Van Dyck. Une seule ligne d'écriture et sans aucune adresse. (Wéber n'indique pas ce portrait). — Henri Riche, comte de Holland. Id. 2ᵉ état, avec l'adresse d'Hendricx.

130. **Eynhoudts** (R.). Le Concert des anges. Eau-forte. En 2 ff. Non indiquée par M. Leblanc.

131. **Jode** (P. de). Renaud et Armide, d'ap. Van Dyck. Toute marge. — Les trois Grâces, d'ap. Rubens. Id.

132. — Diodore Thulden, d'ap. Van Dyck. Ep. rognée. Le dessin est au Louvre. Très-rare, avec l'adresse de Van den Enden.

133. — Ferdinand d'Autriche. Id. 1er état, avec l'adresse de Meyssens.

134. **Jordaens**. La Fuite en Égypte, 1er état, avant l'adresse de Blooteling, papier *folie*.

135. — La Descente de croix. Id., id.

136. — La chèvre Amalthée. Id., id.

137. — Cacus dérobant les vaches. Id., id.

138. — Jupiter et Io, glomisée. 1er état, avant l'adresse de Blooteling.

139. **Lauwers** (N.). Sainte Claire et les docteurs, d'ap. Rubens. Belle marge. 1er état, avant *cum privilegio*.

140. — Sainte Cécile, d'ap. Gér. Seghers. — La Tabagie, d'ap. le même, avant le nom de l'éditeur

141. **Leeuw** (Guill. de). Les Anges secourant la Vierge, d'ap. Rubens. Rare. Mal conservée. — Les Filles de Loth, d'ap. Rubens. 1er état, avant l'adresse de Danckerts.

142. **Lommelin**. Adrien Stévens, d'ap. Van Dÿc (*sic*). Sans nom d'éditeur. Nom indiqué par Wéber.

143. **Louys** (J.). Le Repos de Diane, d'ap. Rubens. 1er état, avec l'adresse de Soutman.

144. — Philippe le Bon, d'ap. Van Eyck, avec l'adresse de Soutman. Magnifique ép.

145. **Maës** (Godefroy). Anges présentant des fleurs à l'Enfant Jésus. Eau-forte.

146. **Marinus**. La Fuite en Égypte, d'ap. Rubens. Le tableau est au Louvre.

147. **Meyssens**. Van der Ee, d'ap. V. Dyck. Non mentionné par Wéber.

148. **Neefs**. Le Satyre et le Passant, d'ap. Jordaens. Belle
ép. du 1ᵉʳ état, avant l'adresse de Blooteling.

149. **Pontius** (P). Gustave-Adolphe, d'ap. V. Dyck. Ep.
tirée avant G. H. Rarissime.

150. **Rubens**. Saint François. — La Madeleine. — Buste
de vieillard à barbe. — Femme au panier, terminée
au burin, par Vorsterman. 4 eaux-fortes. Voy. catal.
Rigal.

151. — Portrait d'Hélène Froment. Non mentionné au C.
Rigal. 1ᵉʳ état, avant le nom de Rubens. Une ép. du
2ᵉ état se trouve au cabinet de Bruxelles.

152. **Sadeler** (Eg.). La Vierge au renard, d'ap. Durer. —
Portrait de femme. Id. Au dos *P. Mariette*, 1667.

153. **Schutt**. Triumphus pacis, lettre ouverte. — Choc de
cavalerie. — La Vierge et l'enfant. — Vénus et Vul-
cain. 4 eaux-fortes.

154. — Bacchanale d'enfants. Bords raboteux, Belle marge.

155. **Sichem** (Chr. Van). Portraits d'Élisabeth, Leicester,
Philippe II, le duc d'Alençon, Guillaume d'Orange.
le duc d'Albe, Alexandre Farnèse, etc.; *intéres-
sants pour les costumes et les physionomies*. 20 portraits.

156. — J.-Fr. Lepetit.

157. **Silo**. 4 marines à l'eau-forte, 1ᵉʳ état, avant le nom de
l'artiste.

158. **Snyers** (N.). Le Mystère de la transsubstantiation,
d'ap. Rubens, avec l'adresse de Diepembeke. Coll.
Libert de Beaumont.

159. **Soutman**. Jésus entraîné par les soldats. Toute pre-
mière ép.

160. — L'Ordination d'un évêque, d'ap. Rubens, avec
l'adresse du graveur. -- La Naissance de Vénus.
Belle pièce. Id., id.

161. **Spruyt**. Suzanne. Avant toute lettre.

162. **Téniers**. Vieillard à longue barbe (Rig. 10). — Le
     Toucher (Rig. 18). — Paysans tirant au blanc.
     1er état, avec l'*excud.* du peintre. Endommagée.
     Toutes les estampes de Téniers sont rares.

163. — Bohémienne tirant l'horoscope d'un gentilhomme.
     Marge. Spirituelle eau-forte non mentionnée au ca-
     talogue Rigal.

164. **Van den Berghe**. La Madeleine. Pure eau-forte,
     d'ap. Rubens.

165. **Van den Hecke** (J.). Le Chien et la Chienne (B. 5).
     Très-jolie pièce.

166. **Van Sompel**. Philippe le Hardi, d'ap. Van Eyck,
     avec l'adresse de Soutman. — Erichtonius, d'ap. Ru-
     bens.

167. — **Van Uden** (L.). Paysage avec rivière bordée
     d'arbres (B. 23). 1er état, avant l'adresse de Van de
     Wyngaerde.

168. **Van Voerts** (R.). Ern. de Mansfeld, d'ap. V. Dyck.
     Epreuve sans le fond et qui ne semble pas ter-
     minée.

169. — Chrét. de Brunswick. Rare.

170. **Vermeulen**. Vertumne et Pomone, d'ap. Coypel.
     Belle ép. d'une charmante pièce.

171. **Vosterman** (L.). Les Filles de Loth, d'ap. Genti-
     leschi. Assez rare. Toute marge.

172. — La grande Nativité en h., d'ap. Rubens. Peu com-
     mun. Toute marge.

173. — La Madeleine foulant aux pieds ses trésors. Contre-
     épreuve.

174. — Le Trictrac, d'ap. Adam de Coster. Avant toutes
     lettres.

175. — Cachiopin, d'ap. V. Dyck. 2e état, avant le titre en
     deux lignes et avec l'adresse de Van den Enden. Très-
     rare. 42 et 85 mill. de marge.

176. — J. Callot. Id. 4e état, avant G. H. effacé.

177 — L'infante Isabelle. Id. 1ᵉʳ état, avant l'adresse d'Hendriex.

178. — Th. Howard, comte d'Arundel. Très-rare. Marge.

179. — Nic. Lasnier, d'ap. Lyvins. 1ᵉʳ état, avec l'adresse de M. Van den Enden.

180. — Charles Iᵉʳ, d'ap. V. Dyck. Petite estampe que n'indique pas Wéber. Avec le monogramme du graveur.

181. — Cosme de Médicis, d'ap. Rubens. — Laurent de Médicis, id. — Léon X, octogone, id.

182. **Waumans**. Fr.-Henri, prince d'Orange. 1ᵉʳ état, avec l'adresse de Meyssens.

183. **Wingaerde** (Van de). Le Satyre endormi, d'ap. Rubens, avec l'adresse du graveur. Rare.

— Les Noces de Thétis, d'ap. le même. — Soldats pillant des paysans. Id.

ÉCOLE FRANÇAISE

184. **Amand** (J.-F.). La jeune Mère (Baud. 1). 1ᵉʳ état. Eau-forte pure, avant les mots *page 19*. — La Leçon interrompue (B. 2).

185. **Anonyme**. Orage causé par l'impôt sur le thé en Amérique. Gravé au burin.

186. — L'Effet singulier, d'ap. Rubens, avec *chez Basan*. Belle ép.

187. — Charles de Longueville, copie de Nanteuil. 1ᵉʳ état, avant l'inscription trompeuse *Turenne enfant*. Voyez Feuillet de Conches.

188. **Audran** (Gér.). Le Buisson ardent, d'ap. Raphaël. 1ᵉʳ état, avant la lettre.

189. — Le Temps soulevant la Vérité, d'après Poussin. 4ᵉ état, avant l'adresse de Buldet.

190. — L'Enlèvement de Déjanire, d'ap. Jules Romain. Avec essais de burin dans la marge de droite.

191. **Audran** (Jean). Portrait de Jean d'Estrées. 1ᵉʳ état, avant la croix de l'ordre du Saint-Esprit.

192. **Aveline**. Le Musicien espagnole (*sic*), avant l'adresse de Basan.

193. **Beauvarlet**. Portrait de Molière, d'ap. Bourdon. 1ᵉʳ état, avant les vers.

194. **Bidauld** (J.-P.-X). Un Oriental (Baud., 4). Pure eau-forte.

195. **Boissieu**. Le Vieillard jouant du hautbois. Belle ép. du 3ᵉ état, avant l'ombre portée par la tête du musicien.

196. **Boucher**. La Vierge allaitant (Baud., 1).

197. — Les quatre sujets d'enfants (Baud., 2 à 5). 2ᵉ état, avec l'adresse d'Odieuvre.

198. — Paysage, d'ap. Watteau (Baud., 51). 1ᵉʳ état, avant l'adresse d'Huquier.

199. — La *Coquète* (*sic*), d'après Watteau (Baud., 152). 1ᵉʳ état, non indiqué avant le privilége.

200. — Recrues en marche, d'ap. Watteau, terminée au burin par Thomassin.

201. **Bourdon** (S.). L'Annonciation (R. D., 9). 1ᵉʳ état, avec l'adresse de Boissevin.

202. — Le Songe de saint Joseph (R. D., 22). 1ᵉʳ état, avec l'adresse au *faubourg Saint-Antoine*.

203. — L'Ange conseille saint Joseph (R. D., 23). 2ᵉ état, avant l'adresse de Mariette.

204. — Le Baptême de l'eunuque (B. 30). 1ᵉʳ état, avec l'adresse de Boissevin.

205. — Les Pauvres au repos (R. D., 31). Belle ép.

206. **Boulogne** père. Trois têtes (R. D., 37), tirées du *Livre de portraiture*. 2ᵉ état, avec la lettre B, non indiqué par R. Dumesnil.

207. **Briot**. Le chevalier Marin, 1621. Très-rare.

208. **Callot**. Le Massacre des innocents (Meaume, 5), planche de Florence. Marge. 1ᵉʳ état, avant l'adresse d'Isr. Silvestre. — Id. (Meaume, 6). Planche de Nancy

209. — Le Benedicite (Meaume, 65), 1ᵉʳ état, avant l'adresse d'Israël. Très-belle ép. sur papier lorrain du temps, portant en filigrane le chiffre de Charles IV.

210. — L'Adoration des Mages (M., 92). 1ᵉʳ état, avant toute lettre.

211. — Trois lanciers (M. 589). 1ᵉʳ état, avant le numéro. — Trois arquebusiers (591). 1ᵉʳ état. Collé en plein.

212. — Le catafalque de l'empereur Mathias (M. 597). 2ᵉ état, avant l'adresse de Silvestre.

213. — Les deux pantalons (M. 626). Pièce des débuts de Callot. Mariette en rapporte le travail à l'année 1616.

214. — Les quadrilles dans l'amphithéâtre (M. 633). 1ᵉʳ état, avant l'adresse de Rossi.

215. — La grande chasse (M. 711). 2ᵉ état, avec l'oiseau à gauche de l'arbre, avant l'adresse de Silvestre.

216. **Caresme** (Ph.). Orgie rustique. Eau-forte non indiquée. 1ᵉʳ état, au trait seulement. — 2ᵉ état, avec le lavis. Pièce rare.

217. **Chaperon** (N.). Les suivants de Silène (R. D. 55). 1ᵉ état, avec l'adresse de Ciartres. — Le vieux Silène (R. D. 56), 1ᵉʳ état, id. défectueuse.

218. **Châtillon**. Endymion, d'après Girodet, 2ᵉ état, avant le voile sur les nudités.

219. **Cochin** jeune. Préparatifs du grand feu d'artifice que le cardinal de Polignac fit tirer à Rome, en 1729, pour la naissance du dauphin. gr. pl. en travers.

220. **Collignon**. Diverses vues de Florence, d'après les dessins de Callot. 1ᵉʳ état, avant les nᵒˢ et avec le nom de Callot. Marge.

221. **Copia**. Cérès et Stellion, d'après Prudhon. Avant la lettre.

222. **Cuvilliés**. Décoration de la salle de danse préparée à Vienne pour le mariage de l'archiduchesse, sœur de Marie-Antoinette.

223. **Dassonneville**. Un homme assis au bord d'un chemin passe le bras au cou d'une femme. Derrière eux, un autre homme arrive sans bruit. En h. à g. le nom. Non décrite par M. Rob. Dumesnil. — Un homme debout, vêtu d'un bonnet. Non décrite.

224. **Demarne**. Le cheval et la vache à l'abreuvoir, 1er état, avant les marges nettoyées.

225. **Denon**. La Crèche, d'après N. Maës, avant la lettre. — Portrait de femme, d'après Cosway; id. — Barrère à la tribune, d'après Isabey, avant les noms d'auteurs.

226. **Desnoyers**. Bonaparte, d'après Gérard. Avant la lettre.

227. **Desprée**. La chimère (Baud. 6.), 2e état, très-rare, avant le privilége.

228. **Doriguy** (M.). Silène ivre (R. D. 12), 1er état, avec l'adresse de Ciartres. — Panneau d'ornements (R. D. 111). Coll. Rob. Dumesnil. — Jupiter (R. D. 95).

229. **Drevet**. Colbert, archevêque de Rouen, d'après Rigaud, 1er état, avec *Offerebant*, etc., tracé à l'envers.

230. — Mitantier, d'après Largillière, avant la lettre. Sur cette épreuve le nom de Kneller écrit à la plume.

231. **Dughet** (G.). Paysage de forme ronde (R. D. 2), 1er état, avant l'adresse de Mauperché.

232. **Du Pérac** (Et.). Narcisse (R. D. 63), 1er état, avant *apud Camocium*.

233. **Duvivier** (G.). La Tentation de Saint Antoine, d'ap. Van den Heuvel. Très-rare.

234. **Dumont** *le Romain* (J.). Vue du feu d'artifice tiré à Paris à la naissance du Dauphin (Baud. 7), mal conservée. D'une extrême rareté. M. de Baudicour n'en indique qu'une épreuve, laquelle fait partie de son riche cabinet.

235. **Dunouy**. Paysage. 1ᵉʳ état, marges non nettoyées, et 2ᵉ avant toute lettre. **2 ép.**

236. **Edelinck**. Bossuet (R. D. 156), 1ᵉʳ état, avant le point à la suite du nom de Rigault.

237. — Philippe de Champaigne (R. D. 164), 1ᵉʳ état, avant le trait échappé à gauche.

238. — Eustache Teissier (R. D. 325), marge, belle ép. du 2ᵉ état, avant *Offerebat* F. Joseph Michelin.

239. **Eisen**. Saint Jérôme (Baud. 2), pure eau-forte. — L'Automne (Baud. 7), 2ᵉ état, avant la pagination sur le ciel.

240. **Fessard**. Les ouvriers de la vigne, d'ap. Rembrandt. 1ᵉʳ état, avec la main du maitre sur sa poitrine.

241. — Le duc de Choiseul, d'après Vanloo, adresse du graveur.

242. **Ficquet**. Rubens, d'après Van Dyck. 1ᵉʳ état, avant le texte au verso. Chef-d'œuvre du graveur.

243. — Montaigne, le nom de Ficquet seul tracé à la pointe. Intermédiaire entre le 2ᵉ et le 3ᵉ état.

244. — Madame de Maintenon. Rare.

245. — P. Corneille. — J.-J. Rousseau. Belles ép.

246. **Fragonard**. L'immaculée Conception (Baud. 16). Saint Luc (Baud. 20). — Saint Jérôme (Baud. 21). 1ᵉʳ état, avant le nᵒ 8. — Guerrier devant un tribunal, d'après Tiépolo (Baud. 24), 1ᵉʳ état, avant le nᵒ.

247. **Fratrel**. La vision de saint Joseph, d'ap. L. Krahe (Baud. 1). Charmante pièce. — **Charles Théodore**, électeur palatin (Baud. 11).

248. **Gaillard**. L'ouvrière en dentelle, d'après Schenau, préparation à l'eau-forte. — Le Philosophe, id. id.

249. **Gellée** (Claude). la Tempête (**R. D. 5**), marges cou-
pées. — La danse villageoise, 2ᵉ état, avant le trait
carré renforcé.

250. **Guigou**. Plan de Lyon au XVIIᵉ siècle. En plusieurs
feuilles.

251. **Hallé** (N.). Antiochus dictant ses dernières volontés
(Baud. 2). 2ᵉ état, avec le nom de l'artiste à la pointe.

252. **Helman**. Ascension de l'aéronaute Blanchard, d'ap.
L. Watteau, avant l'adresse du graveur et la dédicace.

253. **Huet** (J.-B.). Têtes de chats et de chiens. — Chatte
et ses petits. — Jeune marchande de légumes.
— Deux autres gravures sur une seule feuille. Celle
du haut représente deux sujets différents séparés.
En tout 5 pl., toutes 1ᵉʳ état, avant le lavis.

254. **Hutin** (Ch.). Jeux d'enfants (Baud. 17). — Tombeau
(Baud 28). 2 estampes du 1ᵉʳ état, avant le nᵒ.

255. **Hutin** (François). Les œuvres de miséricorde, d'ap.
Lesueur, 7 eaux-fortes (Baud. 1 à 7), état intermédiaire entre le 1ᵉ et le 2ᵉ. Il est sans nᵒˢ et sans la
lettre sérielle *a*.

256. **Ingouf**. La liberté du braconnier, d'après Bénazech,
avant la lettre. — La Vierge au voile, d'après Raphaël, préparation à l'eau-forte, non terminée.

257. **Janinet**. Satyre et nymphes couchés. Avant toute
lettre.

258. **Jeaurat**. Femme portant un vase, en h. — Scène
de terreur au flambeau. Belle pièce.

259. **Lafage** (R.). Bacchanale (R. D. 7). — Les petits pêcheurs effrayés (R. D. 16). 2 eaux-fortes extrême-
ment rares.

260. **Lagrenée** (J.-J.). Le sacrifice de Gédéon (Baud. 4),
1ᵉʳ état, avant le nom. — Le sommeil de Jésus, d'ap.
Guido Réni (B. 11). — Saint Jérôme (B. 17). —
Morceaux d'antiquités (B. 25). — Vieillard russe
(B. 33). 5 pièces très-rares.

261. **La Hyre**. Le Repos en Égypte (R. D. 3). — Saint
Paul (R. D. 15), 1er état, *non décrit par M. Dumesnil*,
avec les bords raboteux et avant toute lettre.

262. **Lasne** (M.). P. de Marcassus, d'après Dumoustier. Il
y en a une épreuve au cabinet d'Amiens. *Voyage
d'un iconophile*, p. 340.

263. **Laugier**. Pygmalion, d'après Girodet. Très-rare, la
planche ayant été détruite.

264. **Launay** (N. de). Angélique et Médor, d'ap. Raoux.
Avant la dédicace.

265. **Lebrun** (Ch.). Le Soir (R. D. 6). 1er état, avec l'adr.
de Ciartres. — La Nuit (R. D. 6), id.

266. **Lecomte** (Marguerite). Portrait du cardinal Albani,
à l'eau-forte, d'ap. Lavallée Poussin.

267. **Leu** (Th. de). Ch. de Bourbon, cardinal-archevêque de
Rouen, avec l'*excud*. du graveur.

268. **Lebel** (Ant.), 1748. Eau-forte sur étain, non citée par
M. Leblanc. Joli paysage.

269. **Lejeune** (Hic.). Scène de meurtre au milieu d'un
festin (Baud. 2). Contre-épreuve.

270. **Le Juge**. La dernière communion de saint Jérôme,
d'après Aug. Carrache (R. D. 16). 1er état, avec l'a-
dresse du graveur.

271. **Lepautre** (J.). Sainte Famille près d'un portique.

272. **Levasseur**. La Veue d'après Dumesnil, avant l'a-
dresse et la dédicace.

273. **Loir** (Alexis). Le massacre des innocents, d'après
Lebrun, 1er état, avant l'adresse.

274. **Loutherbourg**. La boutique du barbier, sur papier
teinté (Baud. 21) Très-rare. — Quatre têtes sépa-
rées sur la même planche (Baud. 32).

275. — Têtes grotesques; pièce satirique. Très-belle non
indiquée.

276. **Manglard**. Le port de mer aux deux tours (R. D. 10).
— Les baigneurs (R. D. 12), 2 pièces du 1er état,
avant le n°.

277. **Marcenay de Ghuy**. Son propre portrait (Rig. 1),
non terminé, avec barbes.

278. — Charles 1er, d'après Van Dyck (Rig. 4), avant la to-
talité des travaux.

279. — Henri, comte de Berghe, d'après Vandyck (R. 5),
avant toute lettre.

280. — *Le ciel se couvre, hâtons-nous*, d'après Van Uden
(Rig. 8), la lettre et les armes sont à la pointe.

281. — Tobie recouvrant la vue, d'après Rembrandt
(R. 10). — Le comte de Nassau et sa femme, id.
(R. 11). — Vue d'une campagne au commencement
d'un orage, id. (R. 17). 3 pièces avant la lettre.

282. — La Fleuriste, d'après Gér. Dow (R. 18), avant toute
lettre. Les armes seulement. Q. q. trous de vers.

283. — Le testament d'Eudamidas, d'après Poussin (R. 19).
Avec les armes. Avant la lettre.

284. — L'Amour fixé, d'ap. Lebrun (R. 20). Jolie estampe.
Seulement les armes. Ava t la lettre.

285. — La Bataille, d'après Parrocel (R. 21). Avant la lettre et les armes. Seulement à la pointe le n° 13 et
les noms d'auteurs.

286. — Paysage, d'ap. Vernet (R. 23). Avant la lettre et
les armes. Seulement à la pointe les noms d'auteur, la date et le n° 13. — Autre paysage, d'après
le même (R. 24). Avant la lettre.

287. — Régulus, d'ap. Pescheux (R. 26). Avant toute lettre.

288. — Voyer d'Argenson, d'ap. Natier (R. 44). Avant l'é-
criture en haut du trait carré.

Presque toutes ces estampes sont à toute marge.

289. **Massard** (Alex.). Philippe Égalité. Avant la lettre.

290. — (R. U.). Sainte Cécile, d'ap. Raphaël. Avant la
lettre. Marge.

291. — Les Sabines, d'ap. David. Ép. sur chine et avec le timbre de Massard. Lettre ouverte. Marge.

292. — Clarke, duc de Feltre. Grande marge.

293. **Masson** (Ant.). La duchesse de Guise (R. D. 32). Mal conservée. 3ᵉ état, rare, avant *Roma* et le lapin.

294. **Mauperché**. Retour de Ragès (R. D. 5). État non indiqué avec cette inscription dans le bas : *le Retour du jeune Tobie*. — L'Annonciation (R. D. 16). 1ᵉʳ état, avant l'ad. de Giffard. 2 pièces d'une grande rareté.

295. **Mellan** (Cl.). Berrier (Montaigl. 170). Collée en plein. 1ᵉʳ état avant la planche rognée. — Le cardinal de Bouillon. Collée en plein. — Claude de Marolles.

296. — Le président H. de Mesme (Mont.). 1ᵉʳ état, avant la légende dans la bordure.

297. — Le président de Nesmond père (Mont. **219**). 1ᵉʳ état, non décrit ; avant la date 1661, remplacée plus tard par 1664.

298. — Le grand Armand, cardinal de Richelieu (Mont.). 1ᵉʳ état, avant la lettre, dans le livre ouvert près du crucifix.

299. — Femme en buste, portant un coffret (Mont. 258).

300. — Le Rocher (Mont. 259). 2ᵉ état, avant les armes de madame de Combalet. — La conversion de saint Augustin.

301. — Titre des *Charites* de Balth. de Vias (Mont. 314). 1ᵉʳ état, avant le portrait dans le rond et le titre dans la draperie.

302. — Ange tenant une banderolle (Mont. 318). 1ᵉʳ état, avant *Prières et instructions chrétiennes*.

303. — Titre de d'Assoucy (Mont. 328). 1ᵉʳ état de M. Leblanc, 2ᵉ de M. de Montaiglon, avec le vieillard, l'enfant et la danse de satyres.

304. **Mercier** (L.). LA TOILETTE DU MATIN, d'après Watteau. Précieuse et très-recherchée. Belle ép. avant la lettre, partie à l'eau-forte et au burin, et qui semble une épreuve d'essai.

305. **Meunier** (Louis). Le chasteau de Dinan sur la Meuse (R. D. 83). État non décrit par Rob, Dumesnil, sans le n° 6 au bas de la gauche.

306. **Morel**. Pie VII, d'ap. David. Avant la lettre. Seulement, à la pointe et sous la bordure, *L. David pinx.* 1804, très-légèrement tracé.

307. **Morin** (J.). Le Porteballe assis (R. D. 89). 1er état avec les angles blancs.

308. **Nanteuil** (R.). L. de Bailleul (R. D. 27). 3e état, avec la date 1661.

309. — J. de Bartillat (R. D. 32). 1er état. avec la date 1666.

310. — Beaumanoir de Lavardin (R. D. 35). 2e état, avant la métamorphose du personnage en médecin grotesque.

311. — Charles Emm. de Savoie (R. D. 61). Ép. coloriée probablement par la main du graveur.

312. — Fr. de Clermont-Tonnerre (R. D. 68). 1er état, très-rare, avant la croix pastorale.

313. — Le cardinal de Coislin (R. D. 69). 1er état, avec l'année 1658.

314. — Hesselin (R. D. 109). Ép. de la planche ovale tirée isolément. Il en existe ainsi quelques ép.

315. — Lemasle (R. D. 126). 1er état, avec l'année 1658.

316. — Mich. Letellier (129). 1er état, avec 1658.

317. — Marin de la Chataigneraye (170), 1er état, avant les vers.

318. — Mazarin (181). 2 ép. 4e état. avec les monogrammes, et 5e, avec les médaillons.

319. — Math. Molé. Belle ép. Une légère écorchure (R. D. 194).

320. — Henri de Nemours (199). Très-belle ép. mais avec la marge du bas coupée. Probablement du 1er état.

321. — Th. de Nesmond (201). Belle ép.

322. — Ferd. de Neufville (204). 8e état, avec les doubles monogrammes aux angles.

323. — Lefèvre d'Ormesson, bibliophile (209). 1er état avec 1654.

324. — Péréfixe de Beaumont (R. D. 211). C'est un des rares portraits gravés entièrement de la main de Nanteuil. 2e état, avant la date effacée. Collection de Stork de Milan.

325. — Le même, archevêque de Paris (214). 1er état avant le trait qui précède l'initiale R.

326. — Pierre Poncet (215). 2e état, avant les changements dans l'inscription.

327. — Scudéry (221). 1er état, avant l'entourage.

328. — Van Steenberghen (226). 2e état, avant les initiales de Duchastel effacées. Rognée. C'est un des rares portraits entièrement de la main de Nanteuil.

329. **Oudry** (J.-B.). Le Renard vaincu (R. D. 3). 2e état avant le n°. Belle marge.

330. **Pérignon**. Quatre paysages à l'eau-forte (B. 8, 10, 11 et 25). 1er état, avant la lettre sérielle dans les marges du haut.

331. **Pesne** (J.). Le Testament d'Eudamidas, d'ap. Poussin (R. D. 29). 2e état, avant la retouche.

332. — Langlois dit Ciartres, éditeur d'estampes, jouant de la musette (R. D. 97). 1er état avant les noms et qualités du personnage.

333. **Pierre**. Saint Borromée administrant les pestiférés (Baud. 4). — Une hyène obéissant à saint François (Baud. 6). Cabinet de R. Dumesnil. 2 eaux-fortes très-rares.

334. **Pierron**. Allégorie à la gloire des Peintres de genre, d'ap. Peyron. 1er état, avec les fautes dans l'inscription.

335. **Poilly** (Fr. de). La dispute de Minerve et de Neptune. — Thèse soutenue par Aug. Van Ecke. Seulement l'adresse du graveur. 2 charmantes estampes cousues ensemble et imprimées sur satin.

336. **Prudhon**. L'Amour cherche à nous aveugler, d'ap. Landon. Lettre blanche.

337. **Renard de Saint-André**. Christ en croix, d'après Lebrun. Eau-forte et burin. Belle marge.

338. **Restout**. Le Turc et le vieillard (Baud. 3). Le nom à peine tracé.

339. **Richomme**. Adam et Ève, d'ap. Raphaël. Les noms à la pointe.

340. **Rivalz** père (J.-P.). Sujet mythologique, Pandore probablement. Magnifique ép. aux bords irréguliers. On n'indique pas de gravure de ce peintre.

341. **Robert** (L.). Le repos du Pâtre, lithographie. 1er état, avec l'adresse de Delpech.

342. **Saly** (Jacques). Titre d'une suite de vases avec dédicace à J.-B. de Troy. Pièce non indiquée, très-belle.

343. **Schenau**. Trois eaux-fortes, têtes d'enfants et sujet.

344. **Slodts** (M.-A.). Différentes têtes d'étude. La seule pièce du maître, selon M. de Baudicour. — Une seule de ces têtes en contre-partie, imprimée en rouge.

345. **Schmidt**. Tubières de Caylus. Rare. Grandes marges.

346. **Tardieu** (Alex.). Marie-Antoinette en pied, d'après Dumont. Avant la lettre. D'une grande rareté.

347. **Théodore**. Le Pêcheur dans la nacelle, d'ap. Francisque Millet (R. D. 8). 1er état, adresse de Simon. — Jésus et la Cananéenne. Id. (R. D. 11) 1er id. — L'Orage. Id. (14). Id. 2 ép. — Le Pêcheur à la ligne (22). 1er état, avant l'adr. de Crépy. 5 estampes. Tachées.

348. **Thévenin**. Prise de la Bastille. Seule pièce du maître à l'eau-forte. Contre-épreuve du 1er état, avant la lettre. Très-endommagée.

349. **Vignon** (A.). L'Adoration des rois (R. D. 2). 1er état, avec le nom du maître. Doublée. — Les corps de saint Pierre et de saint Paul dans le même sépulcre (R. D. 19).

350. **Watelet** (Cl. H.). Les Singes au corps de garde, d'ap. Téniers. Avant les noms.

351. — Baptême de sainte Prisque, d'ap. Pierre. Ép. d'essai — Paysage d'ap. lui-même, avant le nettoyage des marges.

352. **Watelet** (X.). Un Homme en buste, d'ap. Rembrandt, avant la planche coupée.

353. **Watteau**. Les Comédiens italiens, eau-forte retouchée au burin, par Simonneau. 2e état, avec l'adresse de Sirois.

354. **Wille**. La Ferme (Lebl. 27). 1er état, le nom écrit au rebours.

355. — La Liseuse, d'ap. Gérard Dov. 2e état, avec la dédicace, plus tard effacée (Lebl. 62).

356. — Philosophe du temps passé, d'ap. son fils (Lebl. 73). État non décrit par M. Leblanc. Il est sans armes ni dédicace.

357. — Reitres et Lansquenets, d'ap. Ch. Parrocel (Lebl. 74-85). 6 pièces de la suite qui en compte 12. Ép. uniques antérieures au 1er état, mentionné seulement au catalogue Winckler, et dont la bordure consiste en une seule ligne. Celles-ci n'ont ni nos ni lettre. Celles du cat. Winckler ont le titre en allemand.

ÉCOLE HOLLANDAISE

358. **Bary** (H). Le vin rend insolent, d'ap. Jean Steen, 1er état, avant l'adresse.

359. **Béga** (C.). Le Chanteur (B. 27). Eau-forte pure.

360. — L'homme à sa fenêtre (B. 19). — Le paysan allumant sa pipe (B. 20). — La jeune cabaretière caressée (B. 34).

361. **Berghem**. La halte près du cabaret. — La femme qui trait (B. 13). — La vache qui pisse (B. 15). Adr. de N. Visscher. 3 eaux-fortes.

362. **Bol** (Ferd.). Portrait d'homme (B. 13). Belle ép.

363. **Both** (J.) Le pont de pierre (B. 5). — Le muletier (B. 6). — Les deux vaches (B. 8). — Les pêcheurs. 4 estampes du 3e état, avant les nos et l'adresse de Mariette.

364. **Bye** (Marc de). Les Ours (B. 61 à 76). Suite de 16 estampes 3e état, avant les no 18 sous le millésime et avant l'adresse de Schenk.

365. — Six estampes, vaches en différentes postures.

366. **Claës** (Alaert. Le soldat succombant sous la mort (B. 39).

367. **Cort** (Corn.). Saint Roch, d'ap. Speeckaërt. Avant l'année 1577.

368. **Dujardin**. Les mulets (B. 2). — Les Chiens. Belles épr.

369. **Dusart** (C.). Les douze mois de l'année. Incomplet de 4 planches (B. 20 à 31), m. n. 1er état, avant les noms des mois en latin. Au no 31 se voient les douze oiseaux qui ont disparu dans les épreuves postérieures. Plusieurs de nos épreuves sont imprimées en rouge.

370. — La femme du parti orange, m. n. (B. 34).

371. **Everdingen**. La voûte du rocher (B. 47). — Les deux chariots (B. 85).
372. **Frey** (J.). L'Ermite, d'après Brekelenkam, avant la lettre.
373. — Jésus guérissant la mère de saint Pierre, d'après Metsu. Seulement la lettre indiquée à la pointe.
374. — Le charpentier de marine, d'ap. Rembrandt, avant la lettre.
375. — La bénédiction de Jacob, d'après le même. Magnifique ép. avant toute lettre et avec de nombreux essais de burin dans ses marges.
376. — Paysage, d'ap. le même. Avant toute lettre.
377. — L'amiral Martin Tromp, d'ap. Lyvins. Pièce traitée remarquablement. — Femme qui pèle une pomme, d'ap. Rembrandt.
378. **Gheyn** (J. de). Le Laocoon, avant la restauration. 1er état, adresse de Hondius.
379. **Gole** (J.). Boileau, d'ap. Rigault. m. n. rare.
380. **Goudt**. La fuite en Égypte. — Le grand Tobie.
381. **Hooghe** (Rom. de). L'épiphane du nouvel Antechrist, 1689. Pièce satirique curieuse contre la révocation de l'édit de Nantes.
   Au bas, une diatribe en vers hollandais.
382. **Houbraken** (J.). Portrait d'un personnage hollandais. Avant toute lettre.
383. **J. G.** (Monogr.). Portrait de l'enfant de Rembrandt, à la roulette et à l'eau-forte.
384. **Kobell** (Henri). La grande chaumière. 1er état, avant l'effet de nuit.
385. **Kobell** (Jean). Bœuf et moutons. Pure eau-forte sans doute destinée à être complétée par q. q. lavis.
386. **Laër** (P. de). Différents chevaux (B. 9 à 14). Suite de six eaux-fortes.
387. **Lairesse** (G. de). Ver, Æstas. 2 belles eaux-fortes avec l'adr. de Nic. Visscher.

388. **Lucas de Leyde**. Saint Jean, évangéliste (B. 100).
— Saint Marc (B. 100). 2 pièces rares.

389. — La femme de Putiphar accusant Joseph (B 21).

390. **Lyvins**. Les joueurs et la mort (Cl. 11). 2 épreuves
dont une doublée. — Buste d'homme nu (B. 49).

391. **Marc** (J de). La Saint-Nicolas, d'après J. Steen. Les
noms en grande lettre pointillée. Magnifique épr.
avant la lettre.

392. **Matham** (Théod.). Saint Paul en buste, d'après
Guido. Avant la lettre.

393. — Michel Leblond, d'ap. Van Dyck. Rare.

394. **Matham** (Jacques). L'adoration des rois, d'après
Fr. Zucchero (B. 19), 1er état, avant l'adresse de
Visscher.

395. — Les 4 pères de l'Eglise, d'ap. le Josépin, 4 estampes, 1er état, avec les vers latins, la planche n'étant
pas rognée (B. 87 à 90).

396. — La Madeleine au pied de la croix (B. 101), 1er état,
adr. de Goltzius.

397. — Le Moïse de Michel-Ange, 1er état, avec l'adresse
du graveur.

398. **Moreelse** (P.). Lucrèce, clair-obscur, collée en plein.
Cab. Visscher.

399. **Ostade**. Le Fumeur (B. 5), avant la pointe sèche.

400. — L'homme conversant avec la femme (B. 37), avec
le trait carré faible.

401. — Les musiciens ambulants (B. 38). Bordure faible.

402. — La Famille (B. 46), avant la pointe sèche.

403. **Potter** (P.). Tête de vache (Weigel 20). Non décrite
par Bartsch. Papier folie.

404. **Rembrandt**. Rembrandt dessinant (Cl. 22), 7e état,
avec le paysage, avant les retouches.

405. — Le triomphe de Mardochée (Cl. 44), épreuve avec
barbes.

406. — La Nativité (Cl. **49**). Au verso, la marque du prince
Paar. — La Circoncision (Cl. **51**), avec les angles
aigus.

407. — La Présentation au temple (Cl. **53**), 3ᵉ état, avant le
turban sur la tête de saint Joseph.

408. — Jésus chassant les vendeurs (Cl. **73**), avec la semelle
blanche.

409. — Sainte Famille (Cl. **66**), q. q. barbes.

410. — Paysan les mains derrière le cou (Cl. **135**), 3ᵉ état,
avec la tache blanche au cou.

411. — Homme à barbe courte et bonnet fourré (Cl. **260**).
1ᵉʳ état, avant le monogramme et l'année. De la plus
grande rareté.

412. — Portrait de Lutma (Cl. **273**) 3ᵉ état, **avant la planche**
rognée.

413. — Tête grotesque (Cl. **319**). Collée en plein. Une épr.
de ce spirituel morceau se trouve au cabinet d'Amsterdam.

414. — Rembrandt à l'écharpe (Cl. **17**), 3ᵉ état. — Pierre
et Jean à la porte du temple (Cl. **97**).

415. — La Samaritaine (Cl. **74**). — La Décollation de saint
Jean-Baptiste (**96**). — Les Mendiants (Cl. **173**). —
Le Dessinateur d'ap. le modèle (Cl. **189**). — Femme
au bain (Cl. **197**). — Vénus (Cl. **198**). — Jeune
homme en buste. — Le Joueur de cartes, copie par
Watelet. 8 estampes.

416. **Suyderhoef**. (J.). L'archiduc Albert, d'ap. Rubens.
Remmargé (Wussin 4).

417. Charles Quint, d'ap. Titien (Wuss. **15**), sup. épreuve
du 1ᵉʳ état, avant le nᵒ, marge.

418. — Charles le Téméraire (Wuss. **17**), 1ᵉʳ état, id. les
angles de la planche sont aigus. Magn. ép. Marge.

419. — Const. Lempereur, d'après Baudringeen (W. **24**),
2ᵉ état, avant l'adresse de C. Danckerts. Grande
marge.

420. — Jean de Nassau, d'ap. Van Dyck (W. 42). Superbe ép. du 1er état, avant le n°, marge.

421. — Anne-Marie Schurman, d'après Lyvins (B. 78). Pièce rare, 1er état, avec l'adresse de Banheinning. Mal conservée.

422. — Les quatre bourgmestres d'Amsterdam, d'ap. Th. de Keyser (W. 102). Rare. 2 ép. qui seront vendues séparément.

423. — La chute des réprouvés, d'ap. Rubens. Belle et capitale. (W. 104), 1er état, avec les nudités. Provenant du cabinet Libert de Beaumont.

424. — Les Parques hollandaises, d'ap. Ostade (W. 120), 3e état, les angles encore blancs.

425. — Même estampe, 4e état, avant l'adresse de Schenk effacée plus tard.

426. — Les Joueurs de tric-trac, d'après Ostade (W. 123). Très-belle épreuve du 3e état, avant l'adresse de Valck. Marge.

427. — Le Grand Balai, d'après Ostade (W. 124). 2e état, avant l'adresse de Cl. de Jonghe, remplacée plus tard par celle de Schenk.

428 **Swanevelt** (Herman). Les Chèvres d'Angora (B. 31).

429. **Van der Leeuw** (Gabr.). Troupeau à l'abreuvoir. Pure eau-forte.

430. **Van de Velde** (Adr.). Le Bœuf dans l'eau (B. 6).— Les deux Vaches et le Mouton (B. 2).—Veau dans un pré. (B. 8).

431. **Van de Velde** (Jean). Portrait de Gratien Cornélis' d'après Héda. Collection Storck. — La Sorcière au sabbat. Composition bizarre et curieuse. — Trois paysages et cinq autres pièces. 10 estampes.

432. **Van Haeften**. Paysan assis tenant sa pipe d'une main et son broc de l'autre. Derrière lui, un brave homme presse dans ses bras une bonne femme. Un troisième personnage est accoudé dans le fond. Pure eau-forte non décrite, et qui ne se trouve pas au cabinet de Paris.

433. — L'Enfileur d'aiguilles, d'après Netscher. Manière noire non décrite. Spirituel et joli morceau.

434. **Van Vliet** (J.-G.). Saint Jérôme (Cl. 14). Rare.

435. **Verkolie** (N.). La Souricière, d'après G. Dow. Manière noire. — La Chiromancienne, d'après lui-même. Elle n'a que l'*excud.* de Valck et le nom du peintre graveur.

436. **Visscher** (Jean). Le Nègre. *J. Danckerts. exc.* Papier de couleur. — Un Mariage dans une grange, d'après Ostade.

437. — La Cantinière, d'après Wouvermans. Eau-forte sans aucune lettre et qui ne semble pas terminée.

438. **Visscher** (Corn.). Achille à la cour de Lycomède, d'après Rubens. *Soutman excud.*

439. — Le grand Couronnement de la reine de Suède. Avant toute lettre.

440. — Attaque de brigands au clair de lune, d'après le Bamboche. Belle épreuve.

441. — La Bohémienne. 3ᵉ état, avec l'adresse de Cl. de Jonghe.

442. — Vieille ajustée singulièrement. Eau-forte. Belle épreuve.

443. — La grande Tabagie, d'après Ostade. Deux épreuves du 3ᵉ état, avec l'adresse de Nic. Visscher et avant celle de Clément de Jonghe.

444. — Vivitar parvo bene, d'après Ostade. 1ᵉʳ état, adresse de Cl. de Jonghe. — L'Antiquaire, d'après le Corrége. Deux pièces de mauvaise conservation.

445. **Waterlo** (A.). Vues de pays (B. 90, 91 et 93).
90 est en double. Quatre estampes.

446. — L'Homme et la Femme près du petit pont (B. 59).
1ᵉʳ état, avant l'adresse d'Ottens.

447. — Le Voyageur et son chien (B. 60).

448. — Les trois Enfants près de la colline (B. 61).

449. **Wyck** (Th.). Les Joueurs de cartes (B. 2). — Le Forgeron et la Fileuse (B. 6).
Les estampes de ce maître sont rares.

ÉCOLE ITALIENNE

450. **Alberti**. Nuda Veritas (B. 153). Tachée.

451. **Anonyme**. Hercule aux colonnes. — Hercule et le lion. — Hercule et l'hydre. — Hercule et Cerbère.
Quatre petites gravures d'orfèvre fort anciennes, en manière de nielles, et sur lesquelles l'ouvrage de Passavant ne fournit aucun renseignement.

452. **Bella** (E. Della). La Fuite en Égypte (Jomb. 214), avant l'année 1662. — Saint Jean-Baptiste (Jomb. 164), avant 1649, bords irréguliers, et la copie de cette pièce.

453. **Bolognese** (Fr.). La Tour crénelée. — Les deux Hommes descendant dans l'eau. — L'Homme assis près d'une souche. — Les deux Hommes à cheval. — Les deux Cavaliers entrant dans le fort. — Les trois petits Bateaux. Six estampes, toute marge.

454. **Bonasone** (J.). La Prédication de saint Paul, d'après Périn del Vaga (B. 72).

455. — La Naissance de saint Jean Baptiste, d'après le Pontormo (B. 76).

456. — Pan, l'Amour et une nymphe, d'après Raphaël. (B. 170).

457. -- Enfant sur le haut d'un édifice, d'après J. Romain
(B. 174). — Sujet de l'Histoire de Junon. Deux
pièces.

458. -- L'Enfant présentant des épis à Cérès Pièce dou-
teuse.

459. — Portrait du pape Marcel II. 1er état, avec l'inscription au nominatif. Deux épreuves qui seront vendues
séparément.

460. **Cantarini**. Repos en Égypte (B. 8). Assez jolie
épreuve d'un charmant morceau.

461. **Cantini**. Sainte Anne, d'après Léon de Vinci. Lettre
blanche.

462. **Caraglio**. Hercule et Cerbère, d'après le Rosso
(B. 44). — Hercule combattant l'hydre (B. 46). —
Deux estampes du 1er état, avant l'adresse de Salamanca. Elles portent toutes deux au verso *F. Rech-
berger*, 1807.

463. **Carpioni**. Danse de petits faunes (B. 19).

464. **Carrache** (Ann.). Suzanne. (B. 1). Pièce très-rare,
1er état, avant le nom de Carrache.

465. **Carrache** (Aug.). Le grand Calvaire en trois feuillets,
d'après le Tintoret. A jauni par places.
— Le corps mort de Jésus-Christ. 1er état, avant
Giacomo Franco forma.

466. -- Enfant appuyé sur une tête de mort et faisant des
bulles de savon. Même composition que dans l'estampe de Goltzius. Superbe épreuve d'une pièce rarissime.

467. **Castiglione** (B.). La Mélancolie. — Tête d'oriental
(B 145).

468. **Coriolano** (J.-B.). Le Sommeil de l'Amour, d'après
le Guide. Clair-obscur (B. VII, 2). Rare. Doublée.
Une déchirure.

469. **Dé** (Maître au). Daphné embrassant Pénée (B. 21).
1er état, avant la retouche et l'adresse de Thomassin.

470. — Jeux d'Amours (B. 30). 1er état, avant la lettre. Superbe épreuve.

471. — Apollon et Marsyas (B. 31). 1er état, avant l'adresse de Thomassin.

472. — Énée portant Anchise. 1er état, avant l'adresse de Thomassin.

473. — Combat naval, d'après Jules Romain (B. 78). Avant *A Paulo Gratiano*.

474. **Dente** (Marco). Entellus et Darès (B. 195). — Triton enlevant une nymphe. (B. 229).

475. **F.-P.** (Mon.). Sept pièces de la suite des Apôtres, d'après Parmesan (B. 4, 5, 8, etc.). On a plusieurs fois prétendu que ces estampes ont été gravées par le Parmesan lui-même.

476. **Ghisi** (Adam). La Délibération. (B. 26).
— Lion dévorant un cheval (B. 107). 1er état, avant l'adresse.

477. **Ghisi** (Diana). Les Noces de Psyché (B. 40). En trois feuillets, 1er état, avant l'adresse de Caranganus. Mauvaise conservation.

478. **Ghisi** (George). Diane et Orion, d'après Luc. Penni (B. 43).

479. — La Mort de Procris (B. 61). 1er état, avant toute adresse et avec la joue gauche de Procris presque toute blanche.

480. **Ghisi** (J.-B.). Le Fleuve Pô. (B. 19).

481. — Les Troyens repoussant les Grecs sur leurs vaisseaux, d'après J. Romain. (B. 26).

482. **Longhi**. Buste de nègre, d'après Rubens. Très-belle épreuve avant la lettre, provenant de la collection Schamp d'Averschoot.

483. **Mei Tinghi**. Catafalque, rare.

484. **Montagna** (Ben.). L'Homme assis auprès du palmier. (B. 28).

485. **Morghen** (R.). Saint Jean-Baptiste. Lettre grise.

486. — La Poésie, d'ap. Hamilton. 3ᵉ état, imprimée à
Naples.

487. **Moro** (Baptiste del). Le Tombeau d'un évêque (B. 13).
— La Louve romaine (B. 29). Endommagée.

488. **Moro** (Marco del). La Sibylle tiburtine, 1ᵉʳ état, avant
apud Camocium. Au milieu de l'estampe on voit la
trace d'un berger et d'une bergère assis, l'un près
de l'autre, et qui constituent sans doute un état an-
térieur.

489. **Musis** (Aug. de). L'Empereur rencontrant le guerrier (B. 196). 2 ép. mal conservées.

490. — Camille surprenant le Gaulois (B. 221). 1ᵉʳ état,
avant l'adresse de Salamanca.

491. — Le Guerrier (B. 461). Très-rare.

492. — L'Homme au drapeau (B. 482). 1ᵉʳ état, avant
l'adresse.

493. — Le jeune Héros près de l'autel, d'ap. Raphaël (B.
483). 1ᵉʳ état, avant l'adresse de Salamanca.

494. — **Parmesan** (F). L'Annonciation (B. 2). 1ᵉʳ état
d'eau-forte pure, avec les ailes du Saint-Esprit non
terminées.

495. — La Vierge au coussin (B. 4).

496. — Saint Jacques le Majeur (B. 8).

497. — **Procaccini** (Camille). Le Repos en Égypte (B. 1),
1ᵉʳ état, avant l'adresse de Mariette.

498. — Le Repos en Égypte (B. 3). Belle ép.

499. **Raimondi** (Marc-Antoine). David et Goliath (B. 10).
2ᵉ état, avant l'adresse de Salamanca. Assez mauvaise ép.

500. — La Vierge à la longue cuisse, d'ap. Raphaël (B. 57).
1ᵉʳ état, avant l'adresse de Salamanca.

501. — Chasse au lion, d'ap. un bas-relief antique (B. 422).
— Le Vieillard et le jeune Homme (B. 366). Très-
jolie copie.

502. **Rosa** (Salv.). Fleuves.—Combats de tritons. **3** pièces
imprimées en rouge.

503. **Rosaspina**. Port. de Canova, d'ap. Appiani. Lettre
blanche. Gr. marge.

504. **Rossigliani** (Nic.-Vicent.). Sibylle. Clair-obscur,
d'ap. Raphaël.

505. **Tempesta**. Il fortissimo Rodomonte. — La vaghis-
sime Isabella. 2 grotesques sur la même planche.

506. **Testa** (P.). Vénus portant les armes d'Enée (B. 24).
1er état, avant le nom du maître. — Sujet allégo-
rique (B. 30). Pièce rare. 1er état, avant l'adresse de
V. de Wyngaërde.

507. **Tiépolo** (G.-B.). Homme domptant un cheval. Belle
ép. — Scène de sortilége.

508. **Vanni** (G.-B.). Les Noces de Cana, d'ap. P. Véro-
nèse (B. 16). Le chef-d'œuvre du graveur.

509. **Vénitien** (D'ap. Aug.). Copie des Grimpeurs de
Michel-Ange. Belle ép. C'est ce qui reste de *la guerre
des Pisans*.

DESSINS

510. **Cangiage**. Sainte Famille. Dessin à la plume.

511. **Carrache** (Ann). Sainte Famille encadrée. Très-beau dessin à la plume et lavé. Il porte le monogramme du maître et la date 1607.

512. **Cochin** fils. Portrait d'homme, à la plume, dans un médaillon ornementé. Fait pour la gravure.

513. **Desprée**, architecte. Dessin d'un monument funéraire. A la plume et lavé au bistre.

514. **Fragonard**. Paysage, lavé à plusieurs tons .— Saint Jean l'Evangéliste. Etude d'ap. un maître italien.

515. **Gelée** (Cl.'. Paysage avec personnages.

516. **Léoni** (le Padouan). Portrait d'homme. Juin 1629.

517. **Leroux** (Eugène). Paysage à la plume. Il est signé (encadré).

518. **Leprince** (J.-B.). Paysage colorié, avec personnages et animaux.

519. **Leyde** (Lucas de). L'Espiégle. Joli dessin à la plume, lavé de bistre.

520. **Netscher** (G.). Portrait de femme. Sanguine, avec rehauts au crayon blanc, sur papier de couleur. Ce portrait rappelle Mme de Grignan dans sa jeunesse.

521. **Parrocel**. Paysage avec animaux. A l'encre et au bistre.

522. **Poussin** (Nic.). Un Faune. Scène mythologique; très-beau dessin. Fond de paysage.

523. **Quast** (Pierre). Une Bacchanale. Dessin sur vélin.

524. **Rembrandt** (Attribué à). Son portrait et celui de sa femme. Dessin d'un très-bel effet.

525. **Robert** (Hub.). Trophée du palais Farnèse.

526. **Saft-Leven** (Corn.). Chevrier dans un paysage. Sur vélin, avec le monogramme et la date 1654.

527. — Personnage drapé, et portant perruque. Mine de plomb.

528. — Paysan hollandais. Joli petit dessin, très-bien exécuté aux divers crayons. Il porte le monogramme du maître et la date de 1650.

529. — Squelette d'un chameau. Monogramme et date de 1634.

530. — Une Grange. — Divers outils d'agriculture. 2 dessins.

531. **Spranger** (Barth.). Renommée. Sépia. Coll. du baron de Lockhorst. Signée.

532. **Vaillant** (Wallerand). Portrait d'homme portant fraise et calotte. Dessin au crayon noir. Daté 1640 et signé.

533. **Van Aelst**. Une *Vanitas*. Dessin très-fin et très-énergique sur vélin et à la plume, exécuté probablement à Florence, et qui se rapproche de la manière de Callot. Il porte la signature Van Aelst.

534. **Van Thulden** (Th.). Le retour d'Ulysse, d'ap. Niccolo del Abbate. Il a été gravé.

535. **Visscher** (Corn. de). Portrait d'homme en buste. Mine de plomb sur vélin. Signé et daté 1654.

536. **Willems** (M.). Un Banquet. Dessin pour un vitrail.

537. **Xavery**. Portrait de jeune femme, signé et daté. Sur papier bleu, avec rehauts au crayon blanc.

LIVRES A FIGURES

538. *OEsopi phrygi fabulæ*. Francf., Feyerabendt, 1562. Livre rare. Un grand nombre de bois très-beaux par Virgile Solis. Taché d'eau. Manque une planche.

539. **Van Baerle**. La joyeuse entrée de Marie de Médicis à Amsterdam (texte hollandais). Amst., Blaeu, 1639, in-fol. Contient 15 planches gravées par Nolpe et S. Savry, d'ap. Moyeart, Martjen de Jonghe et De Vliéger, outre le portrait de la reine-mère, par Van Sompel. C'est un des rares exemplaires ayant en plus la célèbre planche des *quatre bourgmestres*, gravée par J. Suÿderhoef.

540. **Doni**. *La Moral Filosophia*. Venise, Fr. Marcolini, 1552, in-4, veau fauve à filets, portant sur les plats les armes d'un cardinal. Avec une quarantaine de bois par le Garfignano.

541. **Dosio**. *Urbis Romæ reliquiæ*, 1579, gravées par Giamb. de Cavalleriis. M. Leblanc n'indique que 33 planches. Notre exemplaire en contient 50 numérotées.

542. *Historia del Testamento vecchio*. 54 planches numérotées, gravées d'ap. Raphaël, par S. Badalocchio et Jean Lanfranc.

543. — Sous ce numéro seront vendues les estampes non cataloguées.

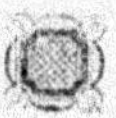

Renou et Maulde, imprimeurs de la Compagnie des Commissaires-Priseurs, rue de Rivoli, 144.   31662

RED. :

19

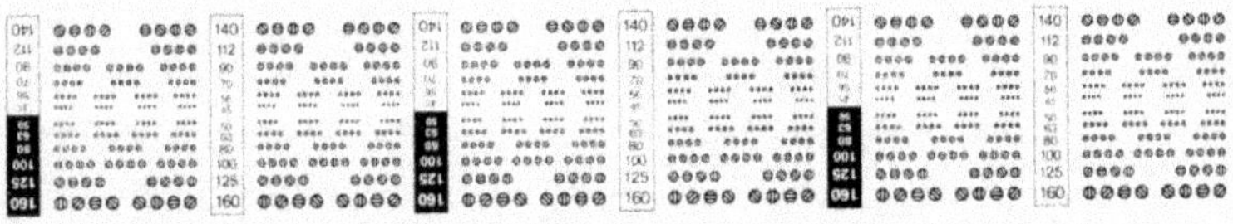

graphicom

0 1 2 3 4 5 6 7 8 9 10